11 et 12 Mai

marqué PN

SUCCESSION

DE

M. le Baron DE BEURNONVILLE

TABLEAUX ANCIENS

ET MODERNES

Objets d'Art et d'Ameublement

LIVRES

EXEMPLAIRE DE H. STETTINER

SUCCESSION

DE

M. le Baron DE BEURNONVILLE

TABLEAUX ANCIENS

ET MODERNES

Objets d'Art & d'Ameublement

LIVRES

CONDITIONS DE LA VENTE

Elle sera faite au comptant.

Les acquéreurs paieront *dix pour cent* en sus des enchères.

ORDRE DES VACATIONS

Vendredi 11 Mai.

	Numéros.
Aquarelles, Pastels, Dessins, Tableaux	1 à 124

Samedi 12 Mai.

Livres	171 à 193
Argenterie, Objets variés, Bijoux, Miniatures, Pendules et Bronzes, Meubles	125 à 170

Paris. — Imp. Georges Petit, 12, rue Godot-de-Mauroi. — 10514-06.

CATALOGUE

DE

TABLEAUX ANCIENS

ET MODERNES

Aquarelles — Dessins — Pastels

PAR

N. BERGHEM, J. BOTH, S. BOURDON, CANALETTO
CASANOVA, PH. DE CHAMPAIGNE, OLD CROME, DE TROY, DROUAIS LE PÈRE
FORTUNY, GREUZE, HAKKERT, HEINSIUS, J.-B. HUET, MEISSONIER
P. MOLYN, MOUCHERON, AART VAN DER NEER, A. VAN OSTADE, PH. ROUSSEAU
G. SEGHERS, G. VAN SPAENDONCK, D. TENIERS, J.-B. TIEPOLO
S. DE VLIEGER, C. DE VOS, WYNANTS, ZURBARAN, ETC.

OBJETS D'ART & D'AMEUBLEMENT

Argenterie — Bijoux — Miniatures

ARMES — OBJETS VARIÉS

Pendules et Bronzes — Meubles et Sièges anciens

LIVRES

Dépendant de la succession de

M. le Baron E. DE BEURNONVILLE

ET DONT LA VENTE AURA LIEU A PARIS

HOTEL DROUOT, Salle N° 6

Les Vendredi 11 et Samedi 12 Mai 1906

à 2 heures

COMMISSAIRE-PRISEUR

Me PAUL CHEVALLIER, 10, rue Grange-Batelière.

EXPERTS

Pour les Tableaux :	*Pour les Objets d'art :*	*Pour les Livres :*
M. JULES FÉRAL	**MM. MANNHEIM**	**M. A. DUREL**
7, rue Saint-Georges, 7	7, rue Saint-Georges, 7	21, r. de l'Anc.-Comédie, 21

EXPOSITION, SALLES 5 ET 6

Le Jeudi 10 Mai 1906, de 1 heure 1/2 à 5 heures 1/2

AQUARELLES

Pastels — Dessins

CASANOVA (François-Joseph)

DEUX PENDANTS

1 — **Combats de cavaliers.**

Dessins à la plume, lavés de bistre.

FORTUNY

2 — **Gentilhomme lisant un feuillet.**

Aquarelle.

FROMENTIN (Eugène)

3 — **Études d'Arabe et de chevaux.**

Trois dessins au crayon noir provenant de la vente de l'artiste.

HEIGEL

4 — **Portrait d'une dame et d'un jeune garçon.**

Miniature.
Signée à droite.

LAGNEAU (Attribué à)

5 — **Portrait d'un jeune garçon.**

Dessin au crayon noir rehaussé de sanguine.

LAGNEAU (Attribué à)

6 — **Portrait d'homme âgé.**

Dessin au crayon noir rehaussé de sanguine.

LATOUR (D'après)

7 — **Portrait de Mme de Pompadour.**

Aquarelle gouachée.

NANTEUIL (Robert)

8 — **Portrait d'un archevêque de Tours.**

En buste, les cheveux bouclés sur les oreilles, coiffé d'une toque noire, rabat blanc et grand cordon bleu pendant sur la poitrine.

Pastel.

Gravé.

Provient du château de Sablé.

Collection de la Princesse Mathilde (Vente du 17 mai 1904).

NEUVILLE (Alphonse de)

9 — **Portrait de femme.**

Pastel.

Signé à gauche et daté.

RUYSDAEL (Attribué à Jacques)

10 — **Paysage traversé par une route.**

Dessin au lavis d'encre de Chine.

Cadre en bois sculpté.

WILLE (P.-A.)

11 — **Tête d'enfant.**

Sanguine.

ÉCOLE FRANÇAISE (XVIIIe SIÈCLE)

12 — **Buste d'homme.**

Miniature.

ÉCOLE FRANÇAISE (XVIIIe SIÈCLE)

13 — **Portrait d'homme en habit jaune et gilet de soie blanc.**

Pastel de forme ovale.

ÉCOLE FRANÇAISE

14 — **Portrait de femme assise.**

Dessin au crayon noir et à l'estompe rehaussé de crayons de couleurs.

Signé : *J.B.*, et daté : *1817*.

ÉCOLE FRANÇAISE

15 — **Portrait de femme.**

En robe blanche et manteau bleu doublé d'hermine.
Pastel.
Cadre en bois sculpté.

ÉCOLE FRANÇAISE

16 — **La Vierge au voile blanc.**

Miniature.
Cadre en bois sculpté.

TABLEAUX

ANCIENS & MODERNES

BEAUBRUN

17 — **Jeune femme en buste.**

Les cheveux bruns bouclés, ornés de fleurs des champs, elle porte un corsage rose décolleté et un collier de perles autour du cou.

Toile de forme ovale. Haut., 63 cent.; larg., 52 cent.

BELLOTTO (BERNARD)

18 — **Entrée du Grand Canal, à Venise.**

Toile. Haut., 24 cent.; larg., 39 cent.

BERGHEM (NICOLAS)

19 — **Le Passage du gué.**

Au premier plan, devant une tour en ruine, un pâtre accompagne une bergère montée sur une âne.

Bon tableau signé en toutes lettres.

Toile. Haut., 50 cent.; larg., 63 cent.

BOL (Attribué à FERDINAND)

20 — **Portrait d'homme en buste.**

Toile. Haut., 45 cent.; larg., 34 cent.

BOTH (Jean)

21 — La Cascade.

Au milieu de rocs escarpés, un torrent se précipite en formant une cascade. A droite, deux grands arbres, au pied desquels reposent un berger avec son troupeau et quelques autres figures. A gauche, un lointain montagneux.

Tableau capital, d'une conception vigoureuse.

Toile. Haut., 1 m. 15 ; larg., 91 cent.

Provient de la collection du Prince Esterhazy.

BOURDON (Sébastien)

22 — Portrait d'un gentilhomme.

En buste, vêtu de noir, les cheveux pendants autour du visage.

Bois. Haut., 64 cent.; larg., 47 cent.

BRONZINO (Attribué à Allori, dit Le)

23 — Portrait d'un princesse de Médicis.

En buste, richement vêtue et parée.

Bois. Haut., 54 cent.; larg., 40 cent.

BRONZINO (Attribué à Allori, dit Le)

24 — Portrait de Cosme de Médicis.

Bois. Haut., 71 cent.; larg., 55 cent.

CANALETTO (Antoine)

25 — Vue de Venise.

Plusieurs personnages se promènent devant une colonnade en ruine.

A droite, un portique ouvert sur une cour ensoleillée.

A gauche, un bateau à voile, amarré au bord d'un quai.

Toile. Haut., 34 cent.; larg., 43 cent.

CARESME (Philippe)

26 — **Baigneuses dans un cours d'eau.**

Toile. Haut., 18 cent.; larg., 45 cent.

CASANOVA (François-Joseph)

27 — **Cavalier monté sur un cheval blanc.**

Il est coiffé d'un chapeau empanaché, un manteau jaune drapé sur le côté.

Toile. Haut., 1 m. 65; larg., 82 cent.

CHAMPAIGNE (Philippe de)

28 — **Portrait présumé de l'abbé de Saint-Cyran.**

En buste, surplis blanc, tourné de trois quarts à droite.

Toile. Haut., 56 cent.; larg., 47 cent.

COUTURE (Thomas)

29 — **Les Insurgés.**

Étude signée des initiales.

Toile. Haut., 22 cent.; larg., 14 cent.

CROME (John Old)

30 — **Paysage des environs de Norwich.**

Un jeune homme ouvre la barrière d'une cour de ferme, offrant passage à des animaux, sur une route sinueuse.

Toile. Haut., 25 cent.; larg., 34 cent.

34

1.000

CROSS (ANTOINE VAN DER)

31 — **Chaumière au bord d'un cours d'eau.**

Un villageois se repose au bord d'une rivière baignant des constructions rustiques entourées d'arbres.

Joli tableau.

Signé du monogramme et daté.

Bois. Haut., 34 cent.; larg., 47 cent.

CUYP (Attribué à ALBERT)

32 — **La Halte à l'auberge.**

Un cheval blanc, portant une selle sur le dos, a la tête appuyée sur une mangeoire, devant un homme en veste verte.

Bois. Haut., 52 cent.; larg., 46 cent.

DE TROY (JEAN-FRANÇOIS)

33 — **Portrait d'un gentilhomme.**

En buste, perruque blonde, manteau rouge.

Toile de forme ovale. Haut., 71 cent.; larg., 58 cent.

DROUAIS LE PÈRE

34 — **Portrait d'homme.**

Vu presque de face, à mi-corps, coiffé d'un bonnet de soie bordé de fourrures, en habit noir ouvert sur la poitrine, une écharpe verdâtre drapée sur l'épaule.

Signé à gauche et daté : 1728.

Toile. Haut., 80 cent.; larg., 64 cent.

DUBUFE (Claude-Marie)

35 — **Jeune fille en buste.**

Les cheveux blonds bouclés, en robe de gaze blanche, elle retient sur son épaule une écharpe rouge.

Signé à gauche.

Toile. Haut., 59 cent.; larg., 50 cent.

DUMONT (François)

36 — **Jeune femme assise dans un parc.**

Dans le fond, un temple à colonnes.

Signé et daté : *1811*.

Toile. Haut., 54 cent.; larg., 44 cent.

DYCK (Attribué à Antoine Van)

37 — **Portrait de la femme de François Snyders.**

En buste et large fraise à tuyautés, les cheveux bruns relevés sous un bonnet blanc.

Toile. Haut., 47 cent.; larg., 36 cent.

DYCK (Attribué à Antoine Van)

38 — **Le Christ en croix.**

Cadre en bois sculpté.

Toile. Haut., 95 cent.; larg., 72 cent.

FLANDRIN (Hippolyte)

39 — **Buste d'Italienne.**

Signé et daté : *Rome, 1834*.

Toile. Haut., 54 cent; larg., 44 cent.

GÉRARD (Attribué au Baron)

40 — **Jeune femme coiffée d'un turban.**

Toile. Haut., 41 cent.; larg., 33 cent.

GIORDANO (Attribué à Lucas)

41 — **Philosophe en méditation.**

Cadre en bois sculpté.

Toile. Haut., 90 cent.; larg., 70 cent.

GIORGIONE (Attribué à)

42 — **La Vierge portant l'Enfant Jésus entre deux saints personnages.**

Bois. Haut., 40 cent.; larg., 48 cent.

GREUZE (Jean-Baptiste)

43 — **Jeune fille en buste.**

Assise dans un fauteuil, la tête inclinée sur l'épaule, elle porte sur ses cheveux blonds un bonnet blanc enrubanné. Un fichu jaune est noué sur sa poitrine.

Esquisse.

Toile de forme ronde. Diam., 39 cent.

HAKKERT (Jean)

44 — **Une Route en Hollande.**

Des cavaliers sont arrêtés au premier plan, devant une construction rustique.

Toile. Haut., 81 cent.; larg., 82 cent.

HEINSIUS (Jean-Jules)

45 — **Portrait de femme.**

En robe bleue, bonnet blanc.

Bois. Haut., 23 cent.; larg., 17 cent.

HENNER (Jean-Jacques)

46 — **Baigneuse.**

Étude sur carton.

Haut., 31 cent.; larg., 22 cent.

HOLBEIN (Attribué à Jean)

47 — **Portrait d'homme.**

Vêtu de noir et tenant un livre à la main.
Fond vert.

Bois. Haut., 34 cent.; larg., 23 cent.

HUET (Jean-Baptiste)

48 — **Chèvres et vache.**

Signé et daté : *1771*.

Toile. Haut., 38 cent.; larg., 46 cent.

LAWRENCE (Attribué à Sir Thomas)

49 — **Portrait de Mrs. Byster.**

Toile. Haut., 75 cent.; larg., 62 cent.

LEHMANN (Henri)

50 — **Portrait d'homme en buste.**

Signé et daté : *Rome, 1839*.

Toile. Haut., 54 cent.; larg., 45 cent.

LÉPICIÉ (Attribué à)

51 — **Jeune garçon en buste.**

Toile. Haut., 39 cent.; larg., 30 cent.

LE PRINCE (Attribué à JEAN-BAPTISTE)

52 — **Rochers, cours d'eau et personnages.**

Bois. Haut., 30 cent.; larg., 42 cent.

LESUEUR (ÉTIENNE)

53 — **Paysage historique.**

Au premier plan, sur une route, une charrette et plusieurs personnages.

Signé à droite et daté : *An III.*

Toile. Haut., 72 cent.; larg., 90 cent.

MEISSONIER

54 — **Étude de paysage.**

Signé du monogramme.

Carton. Haut., 11 cent.; larg., 25 cent.

MIGNARD (ÉCOLE DE)

55 — **Portrait de femme.**

En robe blanche avec écharpe bleue.

Toile. Haut., 78 cent.; larg., 62 cent.

MOLYN (Pierre)

56 — **La Vieille tour.**

Des pêcheurs accostent près d'une tour en ruine, s'élevant au bord d'un canal.

Dans le fond, une vue de ville.

Bois de forme ronde. Diam., 52 cent.

MORO (Antonio)

57 — **Portrait d'un gentilhomme.**

En buste, les cheveux courts, la barbe en pointe, sur un col à tuyautés, il porte une chaîne d'or sur son pourpoint.

Bois. Haut., 41 cent.; larg., 30 cent.

MOUCHERON (Frédéric)

58 — **Entrée de forêt.**

Au premier plan, une charrette et des personnages sur une route.

Cadre en bois sculpté.

Bois. Haut., 38 cent.; larg., 29 cent.

MOUCHERON (Frédéric)

59 — **Parc avec fontaines et jets d'eau.**

Au centre, des baigneuses dans un bassin.

Figures attribuées à Adrien Van de Velde.

Toile. Haut., 41 cent.; larg., 61 cent.

NEER (Aart van der)

60 — **Vue de Hollande, effet de clair de lune.**

Au premier plan, des animaux au repos; à gauche, une ville, s'étendant vers le fond, au bord de la mer.

Signé du monogramme.

Bois. Haut., 33 cent.; larg., 47 cent.

1000

61

25

950

OSTADE (ADRIEN VAN)

61 — **Intérieur de village.**

Une chaumière s'élève devant un pont rustique; un homme, portant un panier, descend un escalier tournant.

Au centre, une ménagère, accompagnée d'un enfant, regarde l'éventaire d'une marchande coiffée d'un fichu blanc.

Deux petits garçons jouent, à droite, près d'une cabane.

Dans le fond, un homme pansant un cheval blanc.

Signé à gauche, en toutes lettres.

Bois. Haut., 54 cent.; larg., 39 cent.

OSTADE (Attribué à ADRIEN VAN)

62 — **Le Pont rustique.**

Des bergers traversent un pont de pierre, poussant des animaux devant eux.

Au premier plan, un petit garçon et un chien se désaltèrent.

Bon tableau, d'une tonalité lumineuse.

Cadre en bois sculpté.

Bois. Haut., 45 cent.; larg., 52 cent.

OSTADE (Attribué à ISAAC VAN)

63 — **La Halte à l'auberge.**

Des cavaliers sont arrêtés dans la cour d'une auberge, ouverte sur la campagne par un large portique.

Un homme descend un escalier, tenant un broc à la main.

Bois. Haut., 38 cent.; larg., 29 cent.

PONTORMO (JACQUES CARRUCCI, dit)

64 — **Le Mariage mystique de sainte Catherine.**

Bois. Haut., 65 cent.; larg., 50 cent.

REGNAULT (Henri)

65 — **Étude de figure.**

Signé à droite.

Toile. Haut., 79 cent.; larg., 63 cent.

REINAGLE (Philippe)

66 — **Portrait de jeune homme tenant un chien.**

En veste rouge, grand chapeau de feutre incliné sur l'oreille, il est assis dans la campagne, portant un chien dans ses bras.

Signé à droite du monogramme.

Toile. Haut., 73 cent.; larg., 60 cent.

REMBRANDT (École de)

67 — **La Visite au prisonnier.**

Toile. Haut., 38 cent.; larg., 44 cent.

REYNOLDS (Attribué à Sir Joshua)

68 — **Moïse sauvé des eaux.**

Toile. Haut., 68 cent.; larg., 90 cent.

RYCKAERT (David)

69 — **Intérieur d'estaminet.**

Un homme en veste verte, coiffé d'un bonnet blanc, assis sur un tonneau, tient un broc d'étain. Un autre, en veste rouge, fume une longue pipe en terre. Un troisième personnage est debout près d'eux.

Dans le fond, deux fumeurs devant une haute cheminée.

Bois. Haut., 37 cent.; larg., 53 cent.

ROUSSEAU (PHILIPPE)

70 — **Le Poulailler.**

Une paysanne, tenant un enfant, est debout, au second plan, dans l'embrasure d'une porte.

Signé à droite.

Toile. Haut., 72 cent.; larg., 58 cent.

RUBENS (ÉCOLE DE)

71 — **Portrait d'un gentilhomme.**

En buste, fraise rigide, une chaine d'or sur son pourpoint noir.

Toile. Haut., 60 cent.; larg., 49 cent.

RUBENS (ÉCOLE DE)

72 — **Le Départ pour la chasse au faucon.**

Esquisse.

Bois. Haut., 48 cent.; larg., 44 cent.

RUBENS (ÉCOLE DE)

73 — **Le Christ descendu de la Croix.**

Sainte Marie-Madeleine baise la main du Sauveur, étendu sur les genoux de la Vierge.

Bois. Haut., 1 m. 20; larg., 92 cent.

RUBENS (ÉCOLE DE)

74 — **Saint Jean, en buste.**

Bois. Haut., 50 cent.; larg., 40 cent.

RUBENS (D'après)

75 — **Portrait d'Hélène Fourment.**

Toile. Haut., 80 cent.; larg., 62 cent.

RUYSDAEL (Attribué à JACQUES)

76 — **Lisière de forêt.**

Une femme et un enfant suivent un chemin sinueux. A gauche, une chaumière entourée d'arbres.

Au premier plan, un homme assis, un chien près de lui.

Bois. Haut., 32 cent.; larg., 39 cent.

SEGHERS (GÉRARD)

77 — **Guirlande de fleurs ornant un cartouche de pierre.**

Au centre, une composition en grisaille, représentant la Vierge et l'Enfant Jésus.

Bois. Haut., 54 cent.; larg., 47 cent.

SPAENDONCK (CORNEILLE VAN)

78 — **Vase de fleurs et nid d'oiseaux sur une console de marbre.**

Signé à droite, et daté : *1806*.

Bois. Haut., 58 cent.; larg., 41 cent.

STEEN (D'après JEAN)

79 — **La Consultation.**

Toile. Haut., 64 cent.; larg., 53 cent.

TENIERS (David)

DEUX PENDANTS

80 — Un Buveur.

Représenté à mi-corps, coiffé d'une toque rose, tenant un verre de ses deux mains.

Fond de ciel.

81 — Femme tenant une pièce de monnaie.

Représentée à mi-corps, coiffée d'un feutre noir, tenant d'une main un sac et, de l'autre, une pièce de monnaie.

Fond de ciel.

Bois. Haut., 13 cent.; larg., 10 cent.

TENIERS (Attribué à David)

82 — La Partie de musique.

Un villageois en veste bleue, coiffé d'un haut chapeau de feutre, joue de la pochette. Une femme, coiffée d'un bonnet blanc, tenant un feuillet, l'accompagne en chantant. Derrière elle, un homme coiffé d'une toque rouge, un verre à la main.

Dans le fond, un quatrième personnage, vu de dos.

Bois. Haut., 33 cent.; larg., 25 cent.

TERBURG (Attribué à)

83 — Dame et jeune garçon dans un intérieur.

Une jeune femme, vêtue de satin blanc, est debout, vue de dos, devant une table couverte d'un tapis rouge.

A gauche, un jeune garçon, tenant sous le bras un large chapeau de feutre noir.

Cadre en bois sculpté.

Bois. Haut., 61 cent.; larg., 41 cent.

TIEPOLO (Jean-Baptiste)

DEUX PENDANTS

84 — **Le Christ et la Femme adultère.**

85 — **La Manne dans le désert.**

Brillantes peintures.

Haut., 45 cent.; larg., 58 cent.

TITIEN (École du)

86 — **Portrait d'un noble Vénitien.**

Représenté en buste, la main droite appuyée sur la poitrine. Dans le fond, une fenêtre ouverte sur un paysage accidenté.

Toile. Haut., 71 cent.; larg., 75 cent.

VELAZQUEZ (École de)

87 — **Fillette joignant les mains.**

Toile. Haut., 35 cent.; larg., 26 cent.

VELDE (Attribué à W. van de)

88 — **Marine par un gros temps.**

A droite, des dunes et des récifs.

Toile. Haut., 27 cent.; larg., 33 cent.

VERNET (Attribué à Joseph)

89 — **Marine avec rochers et figures.**

Bois. Haut., 32 cent.; larg., 40 cent.

1.100

85

84

1.250

VLIEGER (Simon de)

90 — Marine par un temps d'orage.

Des bateaux à voiles voguent sur les flots agités.

Bois. Haut., 38 cent.; larg., 54 cent.

VOS (Cornélis de)

91 — Portrait d'homme en buste.

Représenté dans un médaillon simulant la pierre, il est vêtu d'un pourpoint noir et porte autour du cou une fraise rigide.

A gauche, la date : *1608*.

Bois. Haut., 65 cent.; larg., 53 cent.

VOS (Simon de)

92 — Portrait d'un artiste.

A mi-corps, de trois quarts à gauche, en habit noir, fraise souple, tenant de la main gauche une tête de Silène.

Bois de forme ovale. Haut., 28 cent.; larg., 22 cent.

WYNANTS (Jean)

93 — Paysage avec château.

Au premier plan, sur un chemin raviné, un cavalier, une femme tenant un enfant et un villageois assis à terre.

Plus loin, un château s'élevant devant un parterre. Au fond, des collines.

Signé au centre.

Cadre en bois sculpté.

Toile. Haut., 62 cent.; larg., 80 cent.

ZURBARAN (Francesco de)

94 — Saint porté au ciel par des Anges.

Toile. Haut., 1 m. 03; larg., 82 cent.

ÉCOLE ANGLAISE

95 — **Portrait de femme.**

En buste, un fichu vert sur les épaules, un voile jaune fixé sur ses cheveux bruns.

Toile. Haut., 62 cent.; larg., 49 cent.

ÉCOLE ANGLAISE

96 — **Portrait d'homme.**

A mi-corps, habit marron ouvert sur un gilet jaune orange.

Toile. Haut., 75 cent.; larg., 62 cent.

ÉCOLE ANGLAISE

97 — **Portrait d'un gentilhomme.**

Représenté à mi-corps dans un parc, un manteau de soie rouge et rose drapé sur l'épaule.

Toile. Haut., 71 cent.; larg., 61 cent.

ÉCOLE ALLEMANDE

98 — **Portrait d'un seigneur.**

Représenté à mi-corps, coiffé d'une toque noire et d'un manteau à revers de fourrure, la main gauche appuyée sur un chien endormi, il montre de la main droite un édifice s'élevant vers le fond, dans un paysage montagneux.

Bois. Haut., 63 cent.; larg., 49 cent.

ÉCOLE ALLEMANDE (XVIe SIÈCLE)

99 — **L'Adoration des Bergers.**

Fond de paysage, avec constructions et figures.

Bois. Haut., 1 m. 10; larg., 95 cent.

ÉCOLE ALLEMANDE (XVIe SIÈCLE)

100 — **La Nativité.**

Bois. Haut., 37 cent.; larg., 32 cent.

ÉCOLE ALLEMANDE (XVIe SIÈCLE)

101 — **Le Calvaire.**

Au pied de la croix, la Vierge, sainte Marie-Madeleine et saint Jean.

Fond de paysage accidenté, avec vue de ville.

Bois. Haut., 41 cent.; larg., 31 cent.

ÉCOLE ALLEMANDE (XVIe SIÈCLE)

102 — **Le Christ en buste.**

Bois cintré dans le haut. Haut., 50 cent.; larg., 32 cent.

ÉCOLE ALLEMANDE

103 — **Un Pèlerin.**

Volet de triptyque.

Bois. Haut., 55 cent.; larg., 18 cent.

ÉCOLE DE COLOGNE

104 — **La Vierge soutenant le Christ mort.**

Bois. Haut., 44 cent.; larg., 32 cent.

ÉCOLE FLAMANDE (XVe SIÈCLE)

105 — **La Vierge en buste.**

Bois. Haut., 30 cent.; larg., 21 cent.

ÉCOLE FLAMANDE (XVe SIÈCLE)

106 — **Le Christ en croix.**

Au pied de la croix, la Vierge, sainte Marie-Madeleine et saint Jean-Baptiste.

Bois. Haut., 75 cent.; larg., 58 cent.

ÉCOLE FLAMANDE (XVIIe SIÈCLE)

107 — **Portrait d'homme.**

En pourpoint et manteau de satin noir.

Toile. Haut., 74 cent.; larg., 62 cent.

ÉCOLE FLAMANDE (XVIIe SIÈCLE)

108 — **Portrait d'homme coiffé d'un béret.**

Toile. Haut., 67 cent.; larg., 54 cent.

ÉCOLE FLAMANDE (XVIIe SIÈCLE)

109 — **Portrait d'un gentilhomme.**

Toile. Haut., 66 cent.; larg., 53 cent

ÉCOLE FRANÇAISE (XVIIIe SIÈCLE)

110 — **Les Petits pêcheurs.**

Trois enfants, assis au bord d'un cours d'eau, tiennent des poissons et des instruments de pêche.

Très joli tableau.

Toile. Haut., 92 cent.; larg., 74 cent.

110

ÉCOLE FRANÇAISE (XVIIIe SIÈCLE)

111 — **Portrait d'un conventionnel.**

En buste, habit bleu ouvert sur un gilet blanc galonné d'or, les cheveux poudrés, bouclés sur les oreilles.

Toile. Haut., 54 cent.; larg., 44 cent.

ÉCOLE FRANÇAISE (XVIIIe SIÈCLE)

112 — **Paysage avec cours d'eau traversé par un pont rustique et animé de figures.**

Toile. Haut., 72 cent.; larg., 83 cent.

ÉCOLE FRANÇAISE (XVIIIe SIÈCLE)

113 — **Portrait de Marat.**

Toile Haut., 36 cent.; larg., 28 cent.

ÉCOLE FRANÇAISE (XVIIIe SIÈCLE)

114 — **Portrait d'homme en habit gris.**

Toile de forme ovale. Haut., 44 cent.; larg., 35 cent.

ÉCOLE FRANÇAISE

(COMMENCEMENT DU XIXe SIÈCLE)

115 — **Portrait de jeune homme.**

En redingote verdâtre à col de velours, les cheveux bouclés. Cadre en bois sculpté.

Toile. Haut., 64 cent.; larg., 48 cent.

ÉCOLE FRANÇAISE

116 — **Portrait de jeune femme.**

Assise dans un fauteuil, en robe noire, une écharpe blanche drapée sur l'épaule gauche et relevée sur le dossier de son siège.

Un rideau vert est tendu sur la droite.

Cadre en bois sculpté.

Toile. Haut., 1 m. 24; larg., 96 cent.

ÉCOLE FRANÇAISE (XVIIIe SIÈCLE)

DEUX PENDANTS

117 — **Vues de châteaux animés de personnages.**

Toiles. Haut., 42 cent.; larg., 1 m. 03.

ÉCOLE FRANÇAISE

118 — **Portrait d'un peintre.**

Signé d'un monogramme, et daté : *1819*.

Bois. Haut., 16 cent.; larg., 14 cent..

ÉCOLE HOLLANDAISE (XVIe SIÈCLE)

119 — **Portrait d'Helena van Volden.**

Coiffée d'un bonnet blanc à plis tombant sur sa robe de velours noir, elle est vue de trois quarts vers la gauche, à mi-corps, les mains jointes, ornées à l'index droit d'une bague à rubis et tenant un livre.

A gauche, des armoiries.

Bois cintré dans le haut.

Haut., 66 cent.; larg., 52 cent.

Vente Mniszech (9 avril 1902), n° 189.

ÉCOLE HOLLANDAISE (XVIIe SIÈCLE)

120 — **Portrait d'homme.**

Représenté dans un médaillon simulant le marbre.

Bois. Haut., 20 cent.; larg., 15 cent.

ÉCOLE ITALIENNE (XVIIe SIÈCLE)

121 — **Plafond.**

Composition décorative, ornée de médaillons à sujets religieux.

Toile. Haut., 94 cent.; larg., 1 mètre.

ÉCOLE MODERNE

122 — **Un Pot de géranium.**

Daté : *17 juillet.*

Bois. Haut., 37 cent.; larg., 25 cent

ÉCOLE MODERNE

123 — **La Partie de cartes.**

Étude.

Bois. Haut., 16 cent.; larg., 21 cent.

---

124 — Sous ce numéro seront vendus des dessins et tableaux non catalogués.

OBJETS D'ART

ET

D'AMEUBLEMENT

ARGENTERIE

125 — Sous ce numéro, un fort lot d'argenterie de table, comprenant : louches, cuillers à sauce, couvert à servir, cuiller à sucre, grands couverts et couverts à entremets, couteaux, couteaux à dessert, pelles à sel, brochettes, étiquettes à vin, passe-thé, timbale, truelle, etc.

126 — Cafetière Empire, argent.

127 — Légumier avec couvercle, argent.

128 — Deux cloches de réchaud, argent.

129 — Plat ovale et deux plats ronds, argent.

130 — Nécessaire de voyage, garni argent, de chez Odiot, dans un coffret en acajou.

131 — Lot de jetons, argent et métal.

OBJETS VARIÉS — BIJOUX

132 — Lot d'armes variées, épées, sabres, poignards, etc., de diverses époques.

133 — Deux boites rondes en écaille brune et blonde, galonnées d'or.

134 — Bracelet souple en or, orné d'une émeraude entourée de brillants.

135 — Montre d'homme en or.

136 — Sous ce numéro, divers bijoux en or.

MINIATURES

137 — Miniature ronde : portrait de femme vêtue de blanc, jouant de la lyre. Époque Empire.

138 — Miniature ronde, par *Bouton*, signée : portrait d'officier supérieur en buste. Époque Restauration.

139 — Miniature : portraits de deux enfants en buste, signée. Commencement du XIXe siècle.

140 — Cadre contenant deux miniatures : portraits de deux enfants et portrait d'officier supérieur. Commencement du XIXe siècle.

141 — Miniature ovale, par *Saint*, signée : jeune femme à mi-corps, vêtue de blanc, avec ceinture rouge, des fleurs dans les cheveux, fond de paysage. Encadrée.

142 — MINIATURE rectangulaire en grisaille, par *Casimir* : jeune femme et deux enfants. Commencement du XIXe siècle.

143 — MINIATURE ovale, par *Jacques, 1823* : portrait d'homme en buste.

144 — MINIATURE ovale : portrait d'une jeune femme et de deux enfants accompagnés d'un lévrier. Commencement du XIXe siècle.

145 — MINIATURE ronde, par *Boze*, signée : portrait d'homme en buste. Commencement du XIXe siècle.

146 — MINIATURE ronde, par *Bouton* : jeune femme vêtue de blanc, tenant un livre. Époque Empire.

147 — PETITE MINIATURE ovale : buste de femme couronnée de fleurs. Signée : *L. M., 1814*.

148 — MINIATURE ovale : portrait d'homme, vêtu de noir. XVIIIe siècle.

149 — DEUX MINIATURES sur cuivre : portrait de femme et portrait d'homme. XVIIe siècle.

150 — GRANDE GOUACHE ovale : jeune femme accompagnée de ses trois enfants. Commencement du XIXe siècle.

151 — GRANDE MINIATURE : jeune femme assise à mi-corps, vêtue de noir. Commencement du XIXe siècle.

152 — PETIT DESSIN ovale : portrait de femme, par *Victoire Jaquotot*. Commencement du XIXe siècle.

PENDULES & BRONZES

153 — Deux presse-papiers marbre vert de mer, poignées en bronze doré : bustes de Henri IV et de Sully. Commencement du xixe siècle.

154 — Deux bustes en bronze patiné : Louis XVI et Louis XVIII. Socles en marbre vert de mer et bronze.

155 — Deux candélabres en bronze patiné et doré : personnages.

156 — Deux paires de flambeaux en bronze doré. Époque Restauration.

157 — Pendule en marbre et bronze, à mouvement porté par deux balustres. Époque Louis XVI.

158 — Pendule en marbre blanc et bronze, à mouvement surmonté d'une urne et flanqué de deux balustres. Époque Louis XVI.

159 — Grande pendule en marbre blanc et bronze, à mouvement supporté par deux pilastres à cariatides et surmontée d'un aigle. Commencement du xixe siècle.

160 — Pendule, forme vase, en bronze patiné et doré, anses cariatides. Époque Empire.

161 — Pendule, forme corbeille, surmontée d'un amour, bronze patiné et doré. Époque Empire.

162 — Pendule à colonnes en racine de thuya et bronze. Époque Empire.

MEUBLES

163 — Petit secrétaire Louis XVI, bois de placage orné de bronzes.

164 — Cabinet italien, bois noir incrusté d'ivoire, à abattant et tiroirs.

165 — Secrétaire Louis XVI, acajou et cuivres.

166 — Petite commode Louis XV, à deux tiroirs, bois de placage.

167 — Commode Louis XVI, bois de placage et marqueterie, ornée de cuivres.

168 — Grand bureau Louis XVI à cylindre, en acajou, orné de cuivres.

169 — Vingt-huit sièges en bois peint blanc, Louis XV et Louis XVI.

170 — Deux fauteuils Empire, en acajou, ornés de têtes de bélier, bronze.

LIVRES

171 — Almanach impérial pour l'année 1810. *Paris, Testu et Cie*, 1810, in-8°, mar. rouge, dos orné, fil., tr. dor. (*Rel. anc. avec armoiries.*)

172 — Bibliorum Sacrorum Vulgatae versionis editio. *Paris, Didot*, 1785, 2 vol. in-4°, mar. rouge, tr. dor. (*Rel. anc.*)

173 — Boileau-Despréaux. Œuvres. *Paris, de l'imprimerie de Didot l'aîné*, 1789, 2 vol. in-4°, mar. rouge, tr. dor. (*Rel. anc.*)

174 — Chénier (de). Recherches historiques sur les Maures et Histoire de l'Empire du Maroc. *Paris*, 1787, 3 vol. in-8°, cartes, mar. rouge, dos ornés, fil., tr. dor. (*Rel. anc.*)

175 — Choiseul-Gouffier (Comte de). Voyage pittoresque de la Grèce. Tome Ier. *Paris*, 1782, in-folio, fig. et cartes, veau fauve, fil., tr. dor. (*Rel. anc.*)

176 — Correspondance militaire du général en chef Beurnonville, du 15 germinal an IV au 3 pluviôse an V, 4 vol. in-folio, demi-rel. veau.

Manuscrits très intéressants.

177 — Grimoard (Comte de). Tableau historique et militaire de la Vie et du Règne de Frédéric le Grand. *Paris*, 1788, in-8°, cartes, mar. rouge, dos orné, fil., tr. dor. (*Rel. anc.*)

178 — Guys. Voyage littéraire de la Grèce ou Lettres sur les Grecs anciens et modernes. *Paris*, 1783, 4 vol. in-8°, fig., mar. rouge, dos ornés, fil., tr. dor. (*Rel. anc.*)

179 — La Guérinière (de). École de cavalerie, contenant la connaissance, l'instruction et la conservation du Cheval, avec figures en taille-douce. *Paris*, 1733, in-fol., veau brun. (*Rel. anc.*)

180 — Le Vaillant (François). Histoire naturelle d'une partie d'Oiseaux nouveaux et rares de l'Amérique et des Indes. Tome Ier. *Paris*, 1801, 1 vol. — Histoire naturelle des Perroquets. *Paris*, 1801-1805, 2 vol. — Histoire naturelle des Oiseaux de Paradis et des Rolliers. *Paris*, 1806, 2 vol. — Ensemble 5 vol. gr. in-folio, figures coloriées, demi-rel. mar. rouge, non rog.

Exemplaire en grand papier avec les figures coloriées.

181 — Lithographies noires et coloriées. Recueil de 87 planches en 1 vol. in-fol., demi-rel. mar. bleu, n. rog.

Voyage en Angleterre par Eug. Lami et H. Monnier. *Paris, Gihaut frères, s. d.* Titre et 9 planches. — Album lithographique par Bellangé, 1835. Titre et 11 planches. — Album lithographique par Raffet, 1837. Titre et 13 planches. — Retraite de Constantine par Raffet. Titre et 6 planches. — Prise de Constantine par Raffet, Titre et 12 planches. — Rouen, recueil de vues dessinées d'après nature et lithographiées par Deroy, 1835. Titre et 12 planches. — Vues d'Amiens, lithographiées d'après nature par E. Balan. Titre et 6 planches. — Lithographies diverses. 18 planches.

182 — Marsigli (de). Description du Danube, depuis la montagne de Kalenberg en Autriche jusqu'au confluent de la rivière Jantra en Bulgarie. *A La Haye, chez J. Swart*, 1744. 6 vol. in-fol., figures et cartes, cart., non rognés.

183 — Musique. Atys, tragédie mise en musique par M. de Lully. *Paris*, 1689. — Isis, tragédie, mise en musique par M. de Lully. Paris, 1719. — Armide, drame en musique par le chevalier Gluck, *Paris*, 1777. — Suite de pièces pour le Clavecin, composées par G.-F. Handel. *Amsterdam*, *s. d.* Ensemble 4 vol. in-fol., veau. (*Rel. anc.*)

184 — Paris. Plan de Paris, de Turgot. 1734-1739, in-fol., mar. rouge, tr. dor. (*Rel. anc.*)

Exemplaire aux armes de la Ville de Paris.

185 — Recueils manuscrits, 3 vol. in-fol., demi-rel. bas.

Notes sur la Sarre, 1775. — Mémoire concernant la grande inondation de la Hollande. — Armée de la Moselle.

186 — Rembrandt. L'Œuvre complet de Rembrandt, reproductions par l'héliogravure de tous les tableaux du maître, accompagnée de leur histoire, de leur description et d'une étude biographique et critique, par W. Bode. *Paris, Ch. Sedelmeyer*. 1897-1902, 7 vol. in-fol., br.

187 — Rembrandt. Recueil de quatre-vingt-cinq estampes originales, têtes, paysages et différents sujets. *A Paris, chez Basan, s. d.* In-folio, demi-rel. vélin vert. (*Rel. anc.*)

188 — Rollin. Histoire ancienne. — Histoire romaine. *Paris, chez la veuve Estienne*, 1740-1752. 14 vol. in-4°, mar. rouge, dos ornés, fil., tr. dor. (*Rel. anc.*)

189 — Rollin. Traité des études. *Paris, veuve Estienne*, 1740. 2 vol. in-4°, mar. rouge, dos ornés, fil., tr. dor. (*Rel. anc.*)

190 — Siret. Dictionnaire historique des peintres de toutes les écoles. *Paris*, 1866. 2 tome en 1 vol. gr. in-8°, demi-rel. mar. brun, tête dor., non rog.

191 — Vauban. Traité de la défense des places, dernier ouvrage du maréchal de Vauban, en 1706. In-folio, mar. rouge, dos orné, fil., tr. dor. (*Rel. anc.*)

Manuscrit du commencement du XVIIIe siècle, d'une très belle écriture, avec plans.

192 — Zurlauben. Tableaux topographiques, pittoresques, historiques, etc., de la Suisse. *Paris, Clouzier*, 1780-1786. 4 vol. in-fol., fig. et cartes, veau porphyre, fil., tr. dor. (*Rel. anc.*)

193 — Sous ce numéro, quelques volumes non catalogués.

www.ingramcontent.com/pod-product-compliance
Ingram Content Group UK Ltd.
Pitfield, Milton Keynes, MK11 3LW, UK
UKHW021656260726
13994UKWH00003B/1481

9 782329 352411